말, 말

시로여는세상 색깔 있는 시집 001

말, 말

백명숙 시집

시로여는세상

백명숙

한국산문작가협회 회원
문학의집·서울 詩낭송인 회원
한국미술협회 회원

물놀이 불놀이로 가득한 세상 여기, 나 있다

말, 말

차례

3부

1부

그이

길을 걷다가 문득 마주친 막다른

서늘한 집 한 채 같은

아주 오래 전부터 나를 기다렸을

기다려도 기다려도 그대로인

내가 태어나기 전보다 더 오래된

점자 같은

그가 나를 베끼고
내가 그를 베끼고
서로가
베끼고 베끼다
뚫어져버린 종이 밑에
점자처럼 찍힌
수상한 암호들

나는 너를 베꼈고
너는 나를 베꼈던 그
흑백필름들이
선명하게 되살아나는
그러나
햇빛이 더듬거려
눈이 부신

흔들흔들

풍경소리 그리워 귓불에
풍경을 매달았다네
걸음마다 따라오는 풍경소리는
어느 날의 산사로 날 데려갔지
잠잠 하려 웅크렸던 그 날
풍경소리에 엉킨 머릿속 가닥들이
하나 둘 펴져 들어왔네
맑은 머리 되었던 그때를 그리며
나 풍경을 달았지
풍경은 무슨 힘으로 사람을 가볍게 하는지
바람 맑은 음 아니면 흔들림이었을까
풀어내는 그 비워내는 힘은
난 오늘도 풍경과 흔들흔들 인사동을 거니네
누가 뒤를 따라오네

없는 침묵

작은형부의 팔이 구부러져 놓여 있다
조용하다란 말이 피부에 와 닿는 염하는 방
흰 가운을 입고 마스크를 쓴 염하는 사람이
그 팔을 붙들고 올렸다 내렸다
반복해 팔운동을 시켰더니
이내 바르게 펴졌다

굳은 몸도 만져주면 그리 부드러워지는 것을
알코올로 온몸을 닦고 얼굴을 씻기니
세상을 벗어난 그는 이 세상 누구보다
깔끔하고 평온한 사람이 되었다
넉넉한 품의 수의를 입혀 놓으니
어느 제왕 부럽지 않다 거기서

나를 내려놓는다 가만히

말 타령

아주 오래 전부터 내 속엔 말이 살고 있었답니다 엄마
는 툭하면 내게 그랬지요 역마직성을 타고났나 보다 거
리귀신이 들렸나 보다라구요 세상에 다시없을 아버진
단 한마디만 하셨죠 너 하고픈 대로 다 해라 당신이 슬
퍼 할 일만 빼고라고 그 말은 내 안에 씨말이 되어 속도
붙은 경주마가 되어갔습니다 나는 늘 말과 함께 했지요
말은 자라서 울타리를 넘기 시작했고 바깥세상으로 내
달렸습니다 어둠 같은 건 하나도 두렵지 않았어요 때론
말이 나를 끌고 가려할 때도 있고 어쩌다 힘 센 말의 힘
에 딸려 갈 때도 있습니다만 암튼 내 안에 말이 있다는
사실은 얼마나 다행스러운 일인지 모르겠습니다 나 말
을 많이 좋아합니다 이 말 저 말 그 말 그리고 말 없는 말
들을 오늘도 말을, 말들을 손질하고 있습니다

사람

사람 속에 사람을 들어앉히는
이보다 엄청난 일 있을까

자리 잡고 앉을 때까지
온몸이 일으키는 신음과 반란
환희 속에 얼룩진 무늬들로
다소곳이 자리잡고 앉은 아이
불러오는 배를 쓸면서 느끼는
나른한 포만감

사람 속에서 사람을 내어 놓는
이보다 더 엄청난 일 있을까

되돌릴 수 없는 흔적
밖으로 내 놓으면 홀가분할 듯해도
안 보이면 눈에 밟히는 애물
멀어져가는 뒷모습 보며 쓸쓸해지는
그래도 제 속에 또 사람 들어앉히는
사람

말, 말

　말이다~ 나는 말이야 매일 열댓 시간을 내달린단다 냅다 앞만 보고 내달리지 때론 내 그림자를 보고 놀란 말맹키로 날뛰면서 두 앞발을 쳐들기도 하지 또 지레 빨간 것이 당근인 줄 알고 덥석 입에 물기도 한단 말이다 제멋대로이다가 상대를 알아채는 순간 곧 다분다분 해지는 말이란 말이다 폭 수그린단 말이지 만져주길 고삐 잡아주길 기다리는 순종하고픈 바로 그런 말이지 하지만 냅다 뒷발질도 해대는 말이란 말이다

　히잉, 하고 말이다 말이, 말이 될 때까지

아버지

내 안에 살고 있는
아버지
나 보기 안타까우시면
끄윽- 트림한다
새김질 시작한다
어미 대신 젖 주고
등에 태우고 워-
밭 갈던 아버진 소
소였다
어미 소처럼 선한 눈과
쇠심줄 같은 자식사랑 질겼다
그 아비의 자식이라, 나
하루에도 수없이 새김질한다
큰 뇌에서 작은 뇌
왼 뇌에서 오른 뇌로
씹고 삼키고 또 씹고 계속
되새김질한다
〈

아버지에게서
나를 옮긴다

To Me, He Was So Wonderful

나
하늘이 아주 맑은 날엔 아버지 보러 달려 나간다

그 파란 하늘, 아버지 보러 모란공원엘 간다

따뜻한 햇살, 맑은 하늘 그리고 아버지와 나 둘만 있다

아무 말 없이 있다가 아버지하고 함께 내려온다

길쭉한 손가락으로 엉킨 실 차근차근 풀어주던

아침마다 갈래머리 땋아주던 네

하고픈 건 다 해보라던 엄마였던

아버지, 오 마이 파파

안 해

여자인 여자
여자는 아내가 되었다
아내는 그의 안에서
해가 되었다
그가 뜨거워졌다

해는 차츰 기울어졌고
안 해가 때때로
안 해라고 말하기 시작했다
해는 마침내
자신 안에 드러누웠다

그는 해의 몸 안에
그림자로 남았다

오해

스팸 때문이라곤 생각도 못 했다
속이 부글거리고 머릿속까지 욱신거렸다

분명 씹었다고 생각했는데
시간이 좀 흐른 뒤 스팸이 죄다 뱉어 냈다

연락 줘. 한 잔 할래? 해피 뉴이어! 줄줄이 쏟아져 나왔다

일방통행을 강요하는 기계들의 음모
모바일에 당하는 인간

손 전화에도 스팸메시지란 항목이 있는 줄
스팸을 먹지 않는 난 발갛게 몰랐다

더라구요

나는 시력이 좋아요
좋은 줄 알았어요

그게 보랏빛인 줄 알았어요
회색이더라구요

달이 농구공만 한 줄 알았지요
아니더라구요

내가 나인 줄 알았지요 그런데
내가 아니었더라구요

당신이더군요

꽃으로 밥

성묘 하고 돌아오던 차 안에 네 사람 중 둘은 졸음에 있고
운전 중인 내가 종알종알 시를 외우고 있는데 헌이 녀석이
— 할머니 뭘 하세요?
— 음 시를 외우고 있지
— 크게 해 주세요
— 그럼 쉬운 걸로 '꽃밥' 해 줄게
— 꽃을 피워 밥을 합니다…
— 아니다, 거짓말 !
— 응, 불을 때는 아궁이에서 빨간 불꽃이 움직이는 걸
  꽃으로 본거야.
  꽃을 피워 밥을 합니다. 아궁이에 불 지피는 할머니
  마른 나무 목단 작약이…
— 감흥!
— 뭐라구?
— 할머니 감흥이 뭔지 아세요?
— 뭔데?
— 감정에 흥이 난거예요
만날 때마다 종종 우리를 놀래 키는 일곱 살 욘 석

26

글 쓰겠네 순간
소년 같은 한 시인이 나타났다

그 아이

가지려 하지 않기

붙들지 말기

내려놓기

내버려두고

속에서 안아주기

몰래

통째로 갖기

낮달

외롭다고들 했다
귓등으로 지나갔다
그게 외로움인 것을
그걸 알고 난 후
문득문득 외로움이
타고 들어 왔다

시위를 떠난 화살처럼 와
꽂히는 말이 나를
외로움 속으로 몰아넣었다 나는
시간의 외로움을 다셨다
외로움은 사람을 만나서 생긴다
쌓여 자양분이 된다

맑은 하늘에 낮달이
허옇다

어둠의

밤의 언어는 낮의 언어와 다르다
조명을 받은 뜨거운 언어
물기에 젖은 언어라 축축하기도 지워지기도
벌컥벌컥 들이키기도 술술 넘어 가기도 한다
왈칵 쏟아져 고부라진 말은 바로 서질 못하고
말들은 흩어지고 뭉개져서
무슨 말인지 알 수 없다
말은 말을 타고 내달려 워워 고삐를
당겨도 멈춰지질 않는다
불빛 아래 늘어진 그림자 속 언어들이
열심히 풀을 뜯고 있다

화폭에 남아있는 풀들을

또 오늘

거꾸로 가는 시간으로
어둠은 매일 밖으로 향해있다

머릿속이 자꾸 뒤로 여행하고
마음은 마른 아이처럼 얄팍해진다

혀가 조금씩 맛을 잃고
키는 야금야금 졸아든다

생각과 다리는 엇갈리고
앞으로 걸어도 뒷걸음질친다

뒤로 향한 생각과 현실의
줄다리기 끊임없이 돌고 있는

톱니의 생각
냉정한 오늘의 소리

밤의 정체

밤 속으로 가는 길에 문득
허기가 들어온다 야식을 하게 된다

후회하면서도 또 반복하는
야식은 그런 거

어두움은 허기야

긴 야간열차 같은
도착하지 않을 것만 같은

껍데기

껍데기는 가라구요? 나
그렇게 생각지 않아요
껍데기가 좋았어요 내가
껍데기에서 나왔거든요 나도
껍데기가 됐었구 어느새 그
껍데기를 벗어났지요
그런데 스멀스멀 한기가 들며 다시
껍데기가 그리워지는 거예요 해서
껍데기를 찾아 나섰지요만 아 내가 또
껍데기가 되어 가는 거 아니겠어요
껍데기가 뭐라구, 아니
껍데기가 어때서?

좋은 아침

수돗물 흘러내리는 듯

끊임없이 들려오는 투명한 소리

폴폴 위로 퍼져 올라오는

파인애플 향 오늘도

변기위에 앉아 눌러

내리는 이 기분이

매일 누군가에게

굿 모닝

세 글자
― 결혼 40년 아침에

여느 날과 조금도 다르지 않았다

그날 아침

처음으로 그 말을 낸 것 외엔

조그만 백지 카드에 또박또박 쓴

보약 한 첩 정성껏 달여

베보자기 네 귀퉁이를 모아 받아서

함께한 사십년을 꼬옥 짜서 내민

마침표를 찍어 내어 놓은

세 글자

고 · 마 · 워

2부

사랑, 이런 레시피

메뉴를 골라 요리를 시작해요
식재료를 꼼꼼히 살피신 후
괄한 불에 살짝 데쳐 주세요
보드라워져요 색이 선명해져요
날로 먹는 건 위험할 수 있어요

양념에 고춧가루를 섞어가며
가볍게 버무려 보세요
오늘의 기분이 함초롬 밸 때까지
조물조물 무쳐 보세요
손맛 손맛이 필요해요

아님, 아예 푸욱 고아 보세요
삼계탕이나 도가니탕은
작작하니 고을수록 맛이 진해지니까요
그도 저도 아니면
냅다 쏟으세요
〈

맷돌이나 믹서에 몽땅 갈아
뜨거운 팬에다 지지세요

살살 누르다가 발랑 뒤집기도 하다가
아직 뜨거울 때 호호 불며 드시는 거랍니다
결국 혼자 먹는 거랍니다

은희 엄마

가평 율길리에 살 적에 은희 엄마라는 이가 이웃에 있었다 나와 동갑에다 딸도 나이가 같아서 금세 친해졌다 평생 시골에서 살았던 그녀는 흙일이라면 박사급이고 통장을 다섯 개나 가진 살림의 달인이라 배울 것이 참깨밭 깻잎처럼 소도록했다 하루는 닭장 안을 들여다보던 그녀가 "저게 닭이 방구 주는거여유" 했다 수탉이 암탉의 벼슬을 찝고 올라탔는가 싶었는데 이내 푸드득, 풀썩! 뛰어 내려왔다 닭이 방구를 준다구? "수탉이 제 구실을 했다구유" 아니, 저렇게 눈 깜짝 할 사이에? "그러니께 방구 준다구 그러지유" 난 그게 수탉이 암탉을 그냥 콕콕 쪼아대는 건 줄로만 알았다 하룻밤 만리장성은커녕 고것들이 글쎄, 정말 그새 일을 다 치른 거라니……

괜히 누군가 생각나서 혼자 웃었다

좆같은 일

좆같다는 말 남녀 다들 잘도 쓰지요 산다는 게 좆같다
는 말 산다는 게 죽을 맛일 때 쓰지요

저녁밥상 한쪽을 차지하는 새우젓에서 나는 짭조름한
맛이나 조개젓에서 나는 콤콤한 맛 그 때 떠오르는 얼굴
을 쐬주 안주로 족족 찢어먹는 마른 오징어의 들큰 퀴퀴
한 맛 죄다 그것들 살에 달린 고 투명한 좆 때문일는지
는 모르겠습니다만 허나 육신 보전하고 잘 사는 것 분명
히 멀쩡한 그놈의 좆 때문인데 눈물바람 삿대질에 진땀
흘리며 산다는 게 좆같다니 좆 입장에서는 정말 좆같은
일 아닙니까 좆을 계속 잡든지 아님

제발 놓아주세요

향수

대머리 아저씨의 숭얼숭얼한
머리카락처럼 올라온 실파

햇솜 두어 만든 애기포대기처럼
포근해 보이는 볕에 반짝이는
쬐깐 비닐하우스

둥글둥글 말아놓은 볏단이 눈에
들어오는 넓디넓은 평야

고속버스 열린 창을 타고 몰래
잠입하는 꾼내

그걸 덮치는 무지한 사내 같은 햇살

폭양

관곡지*에 내리 쬐던
작렬炸裂이란 단어를 실감케 했던 그
햇볕은 순간
떠나가는 남정네를 놓지 못해
찐득찐득 달라붙는
아스팔트 같은 여인이었다

연잎들이 바람에 뒤집히며
부채질을 해댔지만
연꽃들은 연밥들은 그
볕에 고개만 살랑살랑 내저었다
무엇인가 연못에서
비워지고 있다는 듯

*경기도 시흥 연꽃테마파크

44

아이스 바나나를 먹어요

바나나가 먹고 싶을 때 냉동실에서
꺼내어 놓고 잠시 기다리세요
겉껍질이 너무 녹기 전
손에 적당히 힘을 주어 두어 번
쥐어주세요
껍질을 조금씩 벗겨내려 가며
바나나 속살을 입 안에 넣으세요

음─ 입안 가득히 퍼지는 맛

진득해진 안쪽을 핥은 다음 곧게 선 속살을
베어 무세요
아래쪽으로 갈수록 속도가 빨라져요
자- 껍질 안쪽에 남아있는 크림바나나로
마사지하세요
먹고, 바르고
바나나가 말할 때까지

샤워

왕십리 그 호프집 화장실 칸만 나뉘었지 남녀 화장실
같이 있었다 일 보고 나오는데 남자화장실에서 아주 우
렁차게 쏟아져 내리는 시원한 소낙비소리에 내 귀가 확
성기로 바뀌었다 순간 아침마다 절절매는 우리 집 양반
세상에서 제일 부러워하는 작은 손주 녀석의 똥자루와
큰 손주 아이의 오줌발 생각에 피식 웃음이 났는데 앗!

거기서 나오는 분 홀쭉하고도 자그마한 깔끔한 차림의
노인장 나도 모르게 눈길이 흘깃 그쪽으로 다시 갔다 끗
발난 그 오줌발소리 내 안에서 소낙비가 되더니 샤워한
듯

몸 개운했던 어느 날 오후

보라 보라 보라

보랏빛 애기별들은
조용히 다소곳이
100m 달리기 선수처럼 기다렸다
땅! 출발신호를 들은 양
달리기 시작한다 뿜어낸다
죽어라 뛴다 도착점을 향해
오롯이 자기를 사를 뿐
사력을 다 한 그들이
기절한 듯 뇌란 얼굴을 하고
제자리에서 제 몸을 오무린다
정신없이 지독하게
보라 향을 토해냈던 라일락
봄이면 어김없이 왔다가는
보랏빛 그 향
나의 봄을 다시 게워내는
그 향기
보라

밤꽃

　과천미술관에주차하고차문을열자밤도아닌밝은대낮에
불끈솟은것도아닌늘어진거시참지못하고막무가내빗속
으로뿌려대는데냅다뿜어내는온통질척한내잉태를위한
진저리나는그주체하지 못하는

　허연아우성

메 에 에

양은 말하지 메에에…

메에에 할 수밖엔 없단다 난

그것밖엔 모른단다 결국

모든 말은 다 그

하나로 통하지

이 말 저 말 어떤 말이라도 여전히

한마디 너는

그 소릴 들을 뿐

양이 하는 말은 오직

메 에 에

독식

먹지 않았는데도 먹어버렸다
그냥 먹히고 있다
째깍 째깍 계속 쏠아먹고 있다
자라나는 시간을 갈지 못하므로

소리 없이 입도 없는 것이
무섭게 먹는다
보이지 않는 것도
야금야금 먹어치운다

열둘, 스물넷을 먹어치운다
방금, 지금 또

3부

바닥

보도블록의 경계를 비집고 어린 싹이 세상의 바닥 전체를 머리에 인 채 올라오고 있었다 세상의 모든 바닥이 파아란 이불이 되었다

'급매! 신장 팝니다' 명함만 한 광고지가 붙어있는 노래방 화장실의 더러운 유리벽에서 사람의 노란 바닥이 나타났다

바닥을 친다 바닥을 차며 위로 튀어오른다 수많은 공처럼 튀어오른다 공이 바닥으로 바닥으로 떨어지다가 마침내 바닥이 된다 배를 깔고 누운 내가 드디어 평평한 공일 때, 바닥일 때 나를 다시 안아주는 바닥, 붉은 바닥

구멍론

모든 것에 감사하는 시간이다 오늘도 변기 위에 앉아 중한 구멍이 있음에 감사한다 흘릴 수 있는 구멍들에 대해서

말라가는 눈 속에 인공눈물은 보충할 수 있는 눈구멍이 있음에, 입 구멍으로 들어간 뜨거운 국물이 목구멍으로 넘어가는 순간의 개운함에 귓구멍 속으로 네가 좋아라는 가락이 들려 올 때 그 짜릿함

그러나 무엇보다 구멍으로 배설을 할 수 있다는 게 사는 의미라는 생각

구멍에서 시작해서 구멍을 사용하고 구멍이 닫힐 때 마침내 마침표가 찍히는 거지

앞구멍 뒷구멍 윗구멍 아랫구멍으로 사는 결국 즐겁고도 개운한

고고呱呱

고독이란 말 아주 고고高高하지 않니?
어둡게 들리니? Go, Go

들어가 봐 보이기 시작해 어둠속에서
씹어봐 쌉싸름하고 떫은 고들빼기의 맛이
침샘을 자극하지 않아?
흘러나오는 액을 음미해 아주 천천히
고독은 너만의 전유물이 아니야
시시때때로 고독을 흔들어대는 너
누가 그 고독을 책임질 수 있냐는
그 억지, 지금의 너를 있게 한 게 바로 그
고고孤苦한 고독 아니었니?
네가 흘렸던 그 눈물의 씨앗이 너를
키워 준 바로 그거, 그냥 삼켜버려

고고顧考 하면서
그냥 가

방관자

작정하고 인사동 찻집에 죽치고 앉아 눈과 입과 귀를
여는 시간

어제 밤부터 내리 마시고 있다는 눈에 핏발 선 P시인
역시 그답군 너무 펑펑해 새벽 어시장에 쏟아 놓은 튀어
오를 것만 같은 고등어 같아

건너 테이블에 연신 큰언니 손을 더듬느라 바지춤을
잡고 볼일 못 보는 왕년에 잘나가던 논설위원 L씨 좌판
위에서 새들새들 물기 말라가는 꽁치 같네

행님! 을 불러대며 같이 앉은 세 사람을 압도하면서 쉴
새 없이 남도 사투리로 노가리 풀어대는 한 남정네 천상
몸 부풀린 복어야

들어오는 폼 자체가 나, 일이요란 듯 일에 폭 빠져 삭
은 일류 건축가라는 그 분 보자마자 어깨라도 주물러주
고픈 노신사 영락없는 뇌란 명태구먼

〈
아, 웬 생선 찻집!

산행일기

매달 가는 거북이산악회 산행은 버스 뒷자리의 분위기
가 문제다 왕년 축구감독으로 이름 날리던 김 감독, 에베
레스트 몇 좌를 섭렵했다는 유 대장, 그리고 주위에 꾼들
몇이 초장부터 술병을 꺼내서 링거를 맞으라며 (허긴 진
달래꼬냑주, 매실막걸리, 솔주 모두 영양가가 있더구먼)
술잔을 돌리기 시작했다 다른 산악회와는 달리 빤한 동
네사람들의 모임이라 회장은 연신 앞쪽 식구들을 챙기
며 뒤쪽은 건들지 않으려 안간힘 썼다 산행마치고 돌아
오는 길에 그동안 참고 있던 등산대장이 몇 잔 하더니
잠 든 김 감독을 흘끔 보며 쉬- 쉬 김 감독은 계속 재워야
해, 깨면 골치야! 순간 눈 번쩍 뜬 김 감독을 보고는 짐
씨 아니 김 씨… 워낙 물건인지라 '짐'씨라고 하자 두
눈에 흰자를 강낭콩만큼 키운 감독이 벌떡 일어서려던
순간 옆에 앉은 여자가 감독의 가슴팍을 누르며 그냥 쉬
어 더 자, 자라고 자리에 앉히자 이번엔 대장의 검은동자
가 오백 원짜리 동전만큼이나 커졌다 아니 어떻게 누님
이, 새로 나온 쬐깐 누님이 뒤쪽에 꾼들 모두 이구동성으
로 누님, 우리 누님 답달 모임에도 꼭, 꼭 나오셔야 해요!

58

총 맞은 날

난데없이 총성이 들려왔다 무대 위로 짙은 선글라스를 쓴 여자가
나타나 날리는 총성에 보는 이들의 짧은 함성이 일었다 이상한
일이 벌어졌다 총을 맞으면 쓰러지는 줄 알았는데 총을 맞던 그
순간 모두에게서 함박 같은 웃음이 터졌다 총성이 가슴을 뚫고

지나가는 순간　그 노래가사완 다르
게 손가락　사이로 빠져 나가 기
는 커 녕 아프게 하기
는 커녕 구멍 난 가슴
막아 주고 치료해주고
웃음만 주었다 정말 좋
은데, 이렇게기쁜데,추억
이생겼는데 총 맞고 황홀
한 건 처음이다 ☆

새벽

'뢴트겐'이라는
사람 속이 훤히 보이는 게
신기하기만 했던 X-Ray

양지쪽 담에 기대 앉아
윗도리 벗어 놓고
이 잡고 있던 거렁뱅이 모습

쥐꼬리 가져가는 숙제를
우리 집 진돗개, 핫지가 대신 해준
초등학교 시절이 문득

활동사진 필름처럼 선명하게 돌아가는 새벽

엿 먹은 날

엿 먹어요!, 큰소리로
책상에 봉지를 올려놓자

모두의 눈동자가 왕사탕만큼 커졌다
진짜 엿이네, 옛날에 먹던 바로 그 엿이야

친지가 직접 손으로 만든 옛날엿이다
40여 년 전 중학입시 때 있었던 무즙파동은
사회를 흔들어댔던 여럿을 엿먹인 사건이었다

죽은 이의 입을 다물게 하려고 입에 넣었던 엿이
입 닫으란, 입 닥치란 욕으로 바뀔 줄이야
엿이 엿을

먹는다

큰누님

장맛비 멈췄던 어느 토요일 저녁 인사동에
시인 서넛이 모였더라

정춘 태환 두 동생 거느린 걸 알아챈 정록 시인, 다짜고짜
나를 향해 묻기를 큰누님 그럼 동생들 오줌도 뉘어봤겠네요?

하!

골머리 식힐 동생 하나이 또 보태졌어라 근데 사내들은
왜 쉬하러 간다는 보고를 꼭 하는지 어렵지만

난, 난 알고 있느니

B형에게

첫 만남에서 어떤 기류에 부딪치면 난 그만 달리는 말이 된다오 그건 아무하고나 되는 게 아니라오 아니 누구하고도 될 수 있지만 중요한 건 '通' 통해야 통해야 하지요 그러면 출발점에 선 선수가 되어 앞만 보고 곧장 달려가지요 경주가 끝난 후면 몽땅 배설해버린 것처럼 개운하고 통쾌하다오 살아있는, 살고 있다는 것에 새삼 존재감을 느끼지요 그랬어요 형을 만났을 적에 그런데 말이요 형, 평생 동안 형이 非형 내지는 B형인 건 아시우?

이런 세상

　개 같은 세상을 원망하던 시절이 있었습니다 충복인 개를 우습게 보고 한 말이었지요 그 시절 개 같은 날들의 기록이란 시도 있었구요 개들은 죽고 죽어 진화해 갔습니다 바다를 건너 멀리서 작은 개들이 도착했습니다 사람들은 다투어 입양을 했지요 그들은 진실이 별이 보람이란 이름으로 딸과 아들이 되었습니다 문명을 입은 개들은 옷을 입고 기저귀를 차고 뷰티 숍에서 커트와 염색을 하고 페디큐어를 합니다 끼리끼리 모여서 꼬까옷을 입히고 케이크에 불을 켜고 생일파티도 하지요 자기가 사람인 줄 착각한 그 개들은 웬만하다 싶은 사람은 얕잡아보고 큰소리로 막 야단을 칩니다 엄마는 애가 스트레스를 받는다고 보듬고 달래며 비위를 맞춥니다 부모들이 걔들 때문에 사는 게 행복하다고 글쎄 제 자식들보다 그 애들이 더 사랑스럽다네요 마침내 개세상이 된 오늘 얘깁니다 개 같았다는 세상, 개와 같이 살던 그때가 그립습……

虛像

그림자놀이를 해봐
한낮의 그림자는
너무 짧아
빨리 옮겨가지
밤의 그림자놀이를 해봐
밤의 그림자는
너보다
길   어
가면을 씌어 봐
새를 만들어 날아 봐
술래잡기를 해
너는 보자기 나는 주먹
그림자는
날아 가버리는 밤

튼다

튼다는 건 희망을 주는 암시 어렸을 적 명절 날 가족오
락으로 '섰다'를 했을 때
'장사'인지 '새륙'인지 암튼 텄던 기억이 있다

튼다는 건 더블로 먹는다는 크게 잡을 수 있다는 희망이
란 걸 알았다
튼다 함께 간다

텄다는 건 둘 사이가 틔었을 때 쫌 더 발전했을 때 더블로
커플로 가는 거다

튼다는 건 툭 트였다는 그래서
쑤욱 올라갈 수 있다는

CD

해발 2,000미터에서 맑고 시린 음이 흘러나오네. 태고의 음이 들려오네. 차디차고 시린, 뼈를 녹이는 그 태고의 세월로부터 나오는 소리는 묵직한 바퀴를 굴려서야 들을 수 있다네 탱크바퀴보다 더 커다란 바퀴가 아이스필드를 올라가네 300미터 깊은 얼음 위에서 맑디맑은 푸른 물을 들여다보다 빨려 들어갈 것만 같은 크레바스를 시리게 보네 얼음을 얇게 떠내어 압축한 듯한 얇디얇은 CD에서

흐르는 소리

녹는 소리

ENTER

환영한다!

순간 뭣이든 다 내 준다
냉큼 대령이다
세상이 쫙 펼쳐진다
다섯 살배기도 엔터하고 논다
요술 상자 하나가 다 해결해준다
모두들 그 속으로
빨려들어 갔다
들어가지 않고는 나오지도 못한다

다섯 살이 된다

DELET

다 뚜러요

요렇게 여어 보세여
싱크대 하수도 세면대 머리카락 다 뚜러여
전철 안에서 기다란 꼬챙이를 든 경상도 아줌니가
싱크대 하수도 세면대 욕조 머리카락 모두 뚜러— 라고
삐뚤빼뚤 글씨를 쓴 상자를 끌며 소리치다가
반응이 없자 옆 칸으로 핵! 가버렸다

우리를 꿰뚫고

명약

그가 내게 소금을 주었다

얼음과자처럼 딱딱한 알갱이들

굽고 구워 아홉 번이나 구웠다는 결정체는

희뿌연 허니 색이 선명치 않은 것들

혀 밑에 물고 있으면

탄소 같은 맛은 금세 내일의

갈증을 해소시켜 주었다

물도 켜지 않게 하는 그것은

피 속의 농도를 짙게 했을 뿐
〈

소금 알갱이를 입안에 넣는다

그가 내 안에서 녹아 퍼졌다

없어졌다

닫혀라 참깨

눈이 먼게야
검은 것이 허옇게 보이네 뻘겋게도 보여 입은
뻥 뚫렸단다 벌컥벌컥 말을 토해내지 침이
튈 때도 있어

임금님 것 마냥 쑥쑥 자라는 귀는
닫혀라 참깨!
쉿 뉘 눈에 띌라 눈높이를
맞춰 낮게
키 아닌 눈에다 말이야 발은?

땅에 붙일 새 없지
하늘을 올라가야 하니까
날아야 하니까

매일 죽는 자들

어젯밤 나는 죽었다 그들이
그가 나를 죽였다 오늘아침 나는
다시 살아났다 도저히 오늘을
죽일 수 없어서였다 기어서
일어났다 많은 자들이
기어 일어나 나왔다

모두들 꽂꽂이 고개를 들고
앉아있다 그럴싸하게 그리곤
두 발로 또각또각 걷는다 난
안다 얼마나 많은 이들이
매일 죽었다 또 살아남는지를
여기, 여기에서
'내일 또'

카이*를 듣다

 내게 소리가 들어온 건 처음 있는 일

 오래 된 잣나무가 술술 이야기를 하는데 울려나오는 음을 차마 소리라고 할 수 없었다 평안함보다 더 깊은 아늑함 카이를 듣는데 내 안에서 (이게 영혼이란 걸까?) 일렁거렸다 두 개의 현으로 된 톱슈르**를 연주하며 배음창법으로 알타이를 노래하는 '카이치'***에게서 승리자의 노래를 들었다

 진정한 알타이의 노래에서 영웅이 돌아오고 있었다 가슴에 바람을 품고 유랑하는 카이치가 자신을 이어 줄 카이치를 찾아다니며 오랜 친구를 만나 나무에 입김을 불어 얘기하고 있었다 한 젊은 카이치가 자랑스럽게 전자악기로 카이공연을 하고 있었다 더 이상 카이치가 하는 카이가 아닐 연주를 그 카이치가 지켜보고 있었다

* 카이 : 알타이의 노래
** 톱슈르: 잣나무로 만든 두 줄로 된 알타이 악기
*** 카이치 : 알타이 고유의 서사시를 노래하는 유랑시인

샤르망

'샤르망' 하면 왠지 샤르르해진다

헵번처럼 모자 쓰고

샤르망이란 아담한 부티크에 가서

샤르르한 머플러 두르고

샤르망 **빵**집에서 샤르르 녹는 슈크림 먹고

호프집에 들러 싸르르한 호프 한 잔 하면

길도 없는데 내게

슬쩍 잠입해서

스르르 사라지는

파경 맞추기, 에로티시즘의 즐거운 점등點燈

오 태 환
시인

파경 맞추기, 에로티시즘의 즐거운 점등點燈

오 태 환

파경破鏡이라는 낱말이 있다. 이지러진 달을 뜻하기도 하지만, 대개 부부간의 결별을 가리킨다. 중국 송나라 때 편찬된 『태평광기太平廣記』에 따르면, 서덕언이 전란을 맞아 아내인 낙창공주와 헤어지면서 징표로 건네 주었던 깨진 거울에서 비롯한다. 후에 그는 아내의 거울조각을 확인하고 거기에 '鏡與人俱去 鏡歸人不歸 無復姮娥影 空留明月輝(그대 거울과 더불어 떠났으나, 거울만 돌아오고 그대는 돌아오지 못하네 항아의 그림자는 찾을 길 없는데, 허공에서 달빛만 휘영청 비추고 있네)'라 명문銘文한다. 좋은 글은 동천지감귀신動天地感鬼神한다고 했던가. 그는 우여곡절 끝에 아내와 해후한다. 설화의 내용을 놓고 보면 파경은 이별이라는 의미보다는 재회를 위한,

정체성을 확인하는 도구라는 뜻을 더 분명히 지니는 듯하다.

칼이나 그릇, 또는 거울 따위의 깨진 조각을 맞추는 행위를 고대 그리스어로 심볼레인symbollein이라고 한다. 심볼의 뿌리가 되기도 하는 이 말은 자기 정체성을 찾는 모험의 역정을 함의한다. 그리고 그 모습은 신화 속에서 종종 '아버지 찾기' 형식으로 나타난다. 플루타르코스가 쓴 『영웅열전』 '테세우스 편'의 가죽신과 검劍조각, 『삼국유사』 '동명왕편' 유리瑠璃설화에 나오는 칠령칠곡석상지송七嶺七谷石上之松의 단도斷刀도 '아버지 찾기'를 위한 징표이면서 모험을 의미한다. 외형적으로 아버지를 찾는 과정처럼 보이지만, 실제는 자신의 정체성을 확인하는 도정이랄 수 있다.

백명숙은 화가이기도 하다. 그녀가 화폭에 채색하고 있는 이야기들의 수미首尾가 필경 그러하듯이, 그녀의 시적 사유와 환상 역시 많은 부분 신화 속 '아버지 찾기'의 전 여정이며, 자기 정체성을 탐험하는 지난한 파경, 또는 심볼레인이라 할 수 있다. 그 안에서 그녀가 발견한 것은 남편이고 아버지이며, 페르소나 이전의 여성성을 간직한 자신이다. 타자인 그들과의 만남은 결국 스스로 오래 분실했거나 방치하였던 자신의 조각들을 일일이 소환하여 맞추는 행위와 다르지 않다.

길을 걷다가 문득 마주친 막다른

〈

골목 거기 물끄러미 서 있는

서늘한 집 한 채 같은

아주 오래 전부터 나를 기다렸을

기다려도 기다려도 그대로인

내가 태어나기 전보다 더 오래된

— 「그이」, 전문

　이 작품은 소위 '운명적인 만남'이라는 센티멘털리티에 빠지기 쉬운 모티프를 결곡한 언어와 웅숭깊은 비유의 울림으로 끌어올리고 있다. '막다른 골목'은 흔히 그렇듯 좌절이나 실패의 징후로 작용하는 것이 아니라, 운명의 불가역적 통로로 절박하게 의미영역을 확장한다. 그 끝에 "그이"가 자리한다. 거기에서 그는 "물끄러미" 화자를 바라본다. 우두커니 서서 무심한 듯 골똘한 듯 화자를 시야 안으로 받아들이는 그의 포즈 속에는 부부로 함께 나눈 수십 성상星霜의 애환과 미련과 아쉬움과 연민과 그리움이 이제 더는 분간할 수 없이 섞인 채, 말

깊게 침전돼 있는 듯하다. 이 장면에서 "물끄러미"는 애초에 가진 뜻을 버리고 '간절함'이라는 새 뜻을 부여받는다. "물끄러미 서 있는" "그이"를 바라보는 화자의 '간절함' 안에, 평생을 더불어 건너오며 겪은 크고 작은 사달의 내막은 온전히 사라진다. 그것은 문득문득 안타까운 동통疼痛처럼 다가오는, 모호하면서 아련한 감정의 하염없는 흐름일 터이다.

"서늘한"도 예사롭지 않다. '따뜻한'의 의미계열이 아닌 "서늘한"이란 낱말로 수식된 "집"은 이미 생계를 영위하는 공간이란 기호를 뛰어넘는다. "그이"라는 문패를 단 그 주소지는 차안此岸의 시공에서 벗어난, 화자에게는 "태어나기 전"부터 신탁된 영혼의 거소居巢와 같다. 그리하여 그는 "기다려도 기다려도 그대로"일 수밖에 없고 "태어나기 전보다 더 오래된" 예감 같은 존재일 수밖에 없다. 새삼스럽지 않으면서 새삼스러운 이러한 인식은 때로 "그이"에게 "함께한 사십 년을 꼬옥 짜서 내민" "고·마·워"(이상「세 글자 ─결혼 40년 아침에」)에서 보듯이 무맛처럼 맑고 슴슴한 일상의 깊이로 나타나기도 한다.

남편이 그녀의 삶 속에 "점자처럼"(「점자 같은」) 각인된 운명의 반려자라면, 가족사에서 삶의 향방에 가장 분명한 영향을 드리운 이는 아버지였던 듯싶다. 그가 "아주 오래 전" 그녀에게 한 "너 하고픈 대로 다 해라"라는 발언은 "씨말"이 되어 세상을 타진하고 견뎌내는 축심軸心이 된다. 세계에 대응하는 그녀의 태도는 "엄마"에게는 "거리귀신"이 든 "역마직성"(이상 「말타령」)으로 경계와 근심의 구실로 소용되지만, 아버지에게는 그녀의 실체를 인정하고 격려하는 근거로 작동한다. 그녀는 자신의 내부에 깃든 그것을 '말(馬)'이라는 상관물로 평생을 부양하고 조련한다. '말'은 "앞만 보고 내달리"기도 하고, "순종하고픈 그런 말"이기도 하면서 "냅다 뒷발질도 해"(이상 「말, 말」)댄다. 또 그것은 '말(言語)'로 언어유희의 수단이 되면서, "워워 고삐를 당겨도 멈"추지 않고 "불빛 아래 늘어진 그림자 속"에서 "화폭에 남아 있는 풀들"(이상 「어둠의」)을 무심히 뜯고 있을 따름이다. 그러나 그녀는 자신의 '말'이 아직 '말'이 되지 않았음을 잘 안다. "말이 될 때까지"(「말, 말」) 그녀에게 "도착하지 않을" "야간열차" 같은 "허기"(이상 「밤의 정체」)를 견디고, "맑은 하늘"에 걸린 "낮달" 같은 "외로움"(이상 「낮달」)에 시달리는 것 역시 숙명인지 모른다. 그것을 체감할 때마다 그녀는 자신의 안에서 끊임없이 "되새김질"하는 초식성의 동물처럼 "선한 눈"(이상 「아버지」)을 가진 아버지를 직접 만나러 모란공원으로 향한다. 거기에서 "길쭉한 손가락으로 엉킨 실을 차근차근 풀어주던"(「To Me, He Was So Wonderful」) 아버지의 손길을 감지하는 순간은 그녀에게 불쑥불쑥 "허기"와 "외로움"으로 도지는 삶의 신산辛酸을 이겨내는 힘을 충전하는 시간이며, 자신의 파경을 다시 맞추는 시간이다.

　시집『말, 말』에서 적지 않은 부분을 차지하고 있는 게 성에 관한 담론이다. 성을 관찰하는 백명숙의 시각은 문명과 윤리의 위리안치圍籬安置에서 벗어나, 그것이 지닌 골목과 골목을 그저 환하고 유쾌하게 드러낸다. 위트와 해학으로 조명하는 그녀의 성은 고답적인 준론峻論에서 벗어나 있기 때문에 생생하고, 여항의 패설稗說에서 비껴나 있기 때문에 환하다.

　　메뉴를 골라 요리를 시작해요
　　식재료를 꼼꼼히 살피신 후
　　괄한 불에 살짝 데쳐 주세요
　　보드라워져요 색이 선명해져요
　　날로 먹는 건 위험할 수 있어요

　　양념에 고춧가루를 섞어 가며
　　가볍게 버무려 보세요
　　오늘의 기분이 함초롬 밸 때까지
　　조물조물 무쳐 보세요
　　손맛 손맛이 필요해요
　　〈

아님, 아예 푹 고아 보세요
삼계탕이나 도가니탕은
작작하니 고을수록 맛이 진해지니까요
그도 저도 아니면
냅다 쏟으세요

맷돌이나 믹서에 몽땅 갈아
뜨거운 팬에다 지지세요

살살 누르다가 발랑 뒤집기도 하다가
아직 뜨거울 때 호호 불며 드시는 거랍니다
결국 혼자 먹는 거랍니다

　　　　　　　　　　　　　　　 ─「사랑, 이런 레시피」, 전문

　음식은 살이를 영위하기 위한 에너지원인 동시에 살이 자체
를 윤기 있게 구성하는 도구라는 점에서 성애와 닮았다. 성애
와 욕망은 생물학적으로 종의 유지와 번성을 위해 DNA에 개
인의 의지와 무관하게 등사謄寫된 채 전해진다. 문명의 외피를
걷어내면 그것은 생명의 유일한 목적이며 생명의 전 경로가
된다는 명제도 지나친 표현은 아닐 터이다. 그리고 음식물을
반드시 생존하기 위해 섭생하지는 않는 것처럼, 성애와 욕망

은 관습과 규범의 그늘 뒤에서 아슬아슬한 즐거움으로 애초의 뜻을 비껴 삶의 무늬를 짜올리곤 한다.

이 시를 읽을 때 먼저 눈에 띄는 것이 토박이말의 얄궂을 정도로 정황에 박진하는 구사다. "괄한 불", "조물조물", "작작하니", "고을수록" 같은 표현은 모국어의 순혈을 짙은 농도로 간직한다. 부엌의 부녀자들에 의해 전승되었을 이 말은, 그녀들이 맨손으로 식자재를 다듬고 버무리고 아궁잇불을 지펴 조리하는 전모의 실물實物을 감촉케 한다. 백명숙은 시치미를 뚝 떼고 이것들을 성행위의 환경에 이입한다. 그러면서 성행위의 모습은 응달진 습기를 대명천지의 햇빛에 걸어 말리는 것처럼 밝고 산뜻한 위트와 해학의 풍경으로 변모한다. 여기에 더해 "함초롬"은 입 안에 침이 잔뜩 고일 것 같은 소리맵시로 성적 분위기를 한층 띄워 올리며, "발랑"의 유음과 비음과 양성모음이 교직된 조합은 그 정황에 명랑한 박진감을 입힌다.

이 시는 성애와 욕망이 투사된 살이의 한 풍경을 음식물 조리법에 빗대 상쾌하고 흐벅지게 보여 준다. 남성의 성기를 터치하는 전희前戲의 과정에서 드러나는 진진하고 발칙한(?) 몰입의 자세에 비추면, 문명이나 윤리는 한갓 거추장스런 치장에 불과해진다.

「아이스 바나나를 먹어요」도 유사한 수법과 방향으로 조직된다. 냉동 보관된 바나나를 꺼내 먹는 요령의 디테일을 세필로 묘사하는 듯한 이 작품은 펠라치오의 매뉴얼을 읽는 듯하다. 이러한 남근을 환기하는 상상력은 "온통질척한내잉태를위한진저리나는그주체하지못하는"(「밤꽃」)처럼 육식성의 이미지로 활발하게 분기奮起하기도 하고, 어느 호프집 화장실에서 경험한 노인의 "소낙비소리" 같은 "끗발난 오줌발소리"의 "개운"(이상 「샤워」)한 환청으로 변용되기도 한다.

시집의 3부는 시인 특유의 간명한 조사법措辭法으로 일상에서 채용한 에피소드를 다룬다. 그녀의 필치 아래에서는 삶의 긴장과 아이러니도 위트와 해학의 조명을 받으면서 대체로 화해의 국면을 지향하는 듯하다.

『말, 말』은 비교적 길지 않은 시편으로 채워져 있다. 이는 백명숙의 단도직입적이고 맺고 끊음이 명료한 성격과 무관치 않아 보인다. 자의든 타의든 제도권의 등단절차를 외면하고 이적까지 한 편 한 편 모아서 죽간竹簡과 목찰木札을 엮듯이 엮어낸 이 시집은, 그녀가 겪어 온 생애의 전 내력이 소박하지만 오롯하게 배어 있다는 점에서, 다른 누구의 시집과 견주어도 손색이 없겠다.

나는 그녀의 개인 전람회에 아래와 같이 발跋한 적이 있다.

우리는 어디에서 와서 어디로 가는가, 하는 물음의 간절한 형식은 뼈와 살의 그리움이 품는 간절한 형식 이전以

前에 놓인다 이는 우리 몸의 구성물질이 우주를 운행하는
저 무수한 별들의 구성물질과 어쩔 수 없이 같다는 사실
만큼 자명하다 백명숙이 그 물음을, 그 물음의 간절한 숙
명성을 추인하는가 추인하지 않는가는 중요하지 않다 안
료를 뿌리고, 칼로 긁어내고, 또 한지나 맥주병뚜껑 등속
을 인용引用하는 그녀의 작업이 때로 위트에 기대고, 해학
에 머물지언정 달라지지 않는다 캔버스 앞에 선 순간, 이
미 그녀는 스스로도 깨닫지 못하는 사이에 자신의 황막
한 블루 안에서 온몸이 끝없이 난파되면서, 우주의 기슭
과 기슭을 항해하는 스산하고 외로운 오디세이일 것이기
때문이다

— The 6th solo Exibition 〈展-TRANSIT〉,
2014. 5. 4～2014. 5. 19, Insa Art Center

백명숙은 청년과 이후 생의 황금시대를 가정에 헌신한다.
그녀가 화필과 펜을 들고 세계에 다시 대응한 것은 50을 훌쩍
넘어서의 연치로 나는 알고 있다. 그녀가 캔버스에서 탐험하
려는 것이 어떤 우회로를 걸을망정 결국 자화상으로 귀결될
수밖에 없듯이, 원고지에서 탐구하려는 것도 그렇게 될 수밖
에 없다. 가족사와 관련한 연민과 향수든, 에로티시즘에 초점
을 둔 질펀한 질의든, 일상 안에서의 환멸과 농담이든 종당에
는 자기모색의 자세로 환원될 수밖에 없다. 그 점에서 이 한

권의 시집은 한 편의 자성록自省錄이라고 할 만하다. 『말, 말』
상재를 축하하고, 차후로도 견고히 이어질 그녀의 용감한 살
이와 작업에 응원을 보낸다.

자술연보

 1948년 3월 백윤하와 방영자의 셋째 딸로 태어났다. 페미니스트인 아버지로 인해 자유로움 속에서 자랐다. 친척들에게서 '방굴이'로 '벼락대신'으로 불렸다.

 1960년 열두 살 아이는 남대문시장 상인과 흥정해서 산 옷을 입고 초등학교 졸업식장에 갔다. 공일엔 주로 버스를 타고 남대문, 동대문시장 구경을 다녔다. 자라면서 어른들에게 많이 들었던 말은 당돌이었는데 난 그 말을 그 시절 여자아이의 당당함으로 이해한다.

 1966년 같은 고등학교 우등생이던 두 언니들과 비교하며 공부 안한다고 꿀밤 주던 선생님으로 인해 졸업 전에 뭔가 해내겠다는 오기가 생겼다. 그 가을 영자신문 코리아 헤럴드 전국 영어웅변대회에서 대통령상을 받았을 때 모든 것이 다 보상된 느낌이었다. 영어가 듣고 싶어 공부는 뒷전으로 학생관람 금지였던 외화를 보러 다닌 결과였다는 생각이 든다.

 1967년 원하던 대학이 아닌 대학생활은 〈대학의 소리〉 방송실에서 선배들과 어울려 시간을 보냈다.

 1968년 선배가 KBS 아나운서모집에 응시하며 경험삼아 보라는 말에 나도 원서를 냈다. 최종면접에서 재학생은 탈락시

키라는 방송과장의 지시에 불복한 이광재 아나운서실장의 주장으로 합격을 했다. 그 해 겨울방학 지방발령을 받아 간 원주방송국에서 육군대위 박웅을 만날 때만 해도 삼 개월 후 있을 일을 상상조차 못했다. 노총각이 만든 각본에 갑자기 결혼 결정을 해야 했다.

1969년 다시 이런 사람을 만날 수 있을까하는 생각 하나로 대학도 방송도 다 뿌리치고 홀어머니에 외아들인 그와 결혼하고 광주 송정리 단칸방에서 새색시의 삶을 시작했다.

남편의 전근에 따라 두 아이가 초등학교를 여섯 번, 일곱 번이나 옮겨 다니고 고등학교 졸업할 때까지 스물 댓 번의 주소지를 옮겼다. 내가 한 일은 밥과 빨래뿐이었지만 자신들이 알아서 대학을 가고 남편도 별을 따 주었다. 내 나이 서른다섯이었다.

진영, 진빈 두 딸이 고맙고 대견하다. 대기업부장, 대학교수로 자신들의 일을 하고 있다. 무엇보다도 나를 인정해주는 남편을 그때 내가 결정했다는 사실은 요즘에서야 새삼 최고의 결정이었다고 생각한다. 물론 아버지의 첫눈에 합격점을 받

은 덕택이지만. (어려서부터 부모가 반대하는 결혼은 절대로 하지 않는다는 결심을 갖고 있었으니까)

두 딸이 출가한 후 엄마가 했던 말처럼 60세 된 말이 내달리기 시작했다. 글, 그림이나 바느질엔 낙제생이라는 생각을 가졌던 내가 퀼트에 빠져 혼자만의 작품을 만들고 수필로 등단했다. 2007년 새해 첫날 〈장 뒤 뷔페 전〉을 보던 중 문득 나도 그리고 싶다는 생각에 당장 봄학기 수업에 등록을 했다. 색, 색깔을 그리고 싶었다.

2008년부터 작년까지 6회의 개인전을 하고 새로운 작품을 구상하고 있다.

말은 달리는 게 생명이란 생각이다. 나는 달리고 있다.

— 2016 초여름

시로여는세상 색깔 있는 시집 001

말,말

ⓒ2016 백명숙

펴낸날   2016년 6월 30일
지은이   백명숙
펴낸이   김병옥

펴낸곳   시로여는세상
등록일   2002년 1월 3일
등록번호   서초 바 00110호
주소   06583 서울시 서초구 사평대로6길 113, 101호(방배동 상지)
편집실   03157 서울시 종로구 종로 19(르메이에르 종로타운) B동 723호
전화   02)394-3999
이메일   2002poem@hanmail.net
블로그   http//blog.daum.net/2002poem

편집 미술   김연숙
제작 공급   토담미디어 02)2271-3335

ISBN 978-89-93541-46-5 03810